KB052634

어쩌다 간호사

글·그림 간호사요

어쩌다 간호사

RHK
알에이치코리아

어쩌다 간호사가 되었지만

"언제부터 간호사가 되고 싶다고 생각하셨어요?"

"…그러게요. 어쩌다가요."

"왜 만화를 그리게 되었어요?"

"…그러게요. 어쩌다가요."

간호사가 되고, 한동안은 병원과 집만 오가는 생활을 했습니다.

지금도 크게 다르지는 않지만

그때는 하루 10시간 녹초가 되도록 병원을 뛰어다녔고

일과가 끝나고 나면 파김치가 되었어요.

일은 무엇 하나 쉬운 것이 없었고,
사람, 감정… 힘들지 않은 게 없었죠.
그렇게 저는 좋은 것에는 무디고,
나쁜 것에는 예민한 사람이 되어갔습니다.

그 무렵, 몇 가지 질문들이 저를 괴롭게 했습니다.
'간호사가 되기 전에 나는 어떤 사람이었지?'
'나는 여가 시간에 무얼 했더라?'
'나는… 어떤 간호사가 되고 싶었더라?'

어지럽고 혼란스러운 마음을 추스르려
임시방편으로 피아노도 배우고 자전거도 타고
요가도 하고 기타도 치면서 계속해서 새로운 것들을 배워봤어요.
하지만 병원에서 힘든 건 여전했죠.

이대로 괜찮을지 고민이 깊어질 즈음
하루는 그림 배우는 친구를 따라나섰어요.
그곳에서 이것저것 낙서하듯 그리던 그림을 엮어 일기를 쓰기 시작했고
그 이야기들이 모여 어느새 여기까지 오게 되었습니다.

제 그림에 거창한 목표나 큰 의미를 부여하고 싶지는 않았습니다.

그저 일기를 쓰듯 하루를 기록하면서

이렇게 힘든 하루를 잘 버텼다고

저 자신을 칭찬해 주고 싶었습니다.

어쩌다 되어버린 간호사가 어쩌다 그리게 된 만화에

어떤 사람들은 병원에서 근무하며

한 번쯤은 겪어본 이야기라며 공감해주고,

또 어떤 사람들은 정말 그런 일들이 있냐며 놀라기도 했어요.

힘든 시기에 내게 도움을 청하던 사람도 있었고,

작은 위로가 되었다며 따뜻한 메시지들을 보내주는 사람들도 있었는데

그 과정 속에서 간호사의 처우와 환경에 대해서 관심을 가지게 됐습니다.

제가 그린 만화나 제가 냈던 작은 목소리가

간호사의 근무 환경과 감정노동 개선에

크게 기여하는 것은 아니겠지만

작게나마 도움과 위안이 되었다는 것에 감사함을 느낍니다.

시즌1 연재를 마무리한 지금까지도

저는 여전히 어쩌다 간호사가 된 사람입니다.

앞으로 어떤 간호사가 될지는 아직도 잘 모르겠지만

여전히 간호 일을 하고 있어요.

지금 이 글을 읽고 있는 사람들도 어쩌다가 간호사가 된 건지,

혹은 어쩌다 간호사가 되는 것에 관심을 가지게 된 건지는 모르겠지만

제 이야기가 작은 도움이 된다면 좋겠습니다.

차례

어쩌다 간호사가
되었습니다

오늘도
출근합니다

대단한 사명감은
아니지만

인물 소개

미미

5년 차 간호사
성질 있음
달달한 커피와 고기를 좋아함

두리

미미와 동기
시원시원한 성격
술을 매우 좋아함

후배

완전 쌩 신규 간호사
백의의 천사를 꿈꾸며 입사

선배

산전수전 다 겪은 간호사
실수하는 건 용서 못 함

수 선생님

병동의 책임자
병원의 중간 관리자

주치의

보통 1,2년차 레지던트
병원에서 사는 듯

할아버지

화가 많음
항상 반말

아주머니

말 많음

어쩌다 간호사가
되었습니다

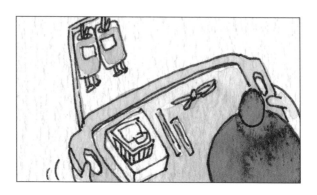

나는

그리고

○ **노티(notify)** : 동료나 상급자에게 환자의 정보를 전달하는 것

그건 내가 되었다

매일 챙길 것

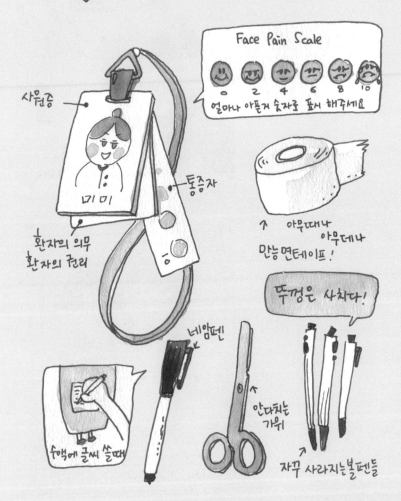

Face Pain Scale

0 2 4 6 8 10

얼마나 아픈지 숫자로 표시 해주세요

사원증

미미

통증자

환자의 의무
환자의 권리

↑ 아무때나
아무데나
만능 면테이프!

뚜껑은 사치다!

네임펜

수액에 글씨 쓸때

↑
안다치는
가위

자꾸 사라지는 볼펜들

그리고

어느덧 5년 차 간호사가 되었다.

그 시간 동안 병원은 처음보다 조금 더 다닐만해 졌고
이제는 적응이 됐는지 처음의 힘들었던 감정이 가물가물하다.
이런 말이 지금 힘들어하고 있는
신규 선생님들에게 조금이라도 힘이 될까?
아니면 도리어 답답한 마음이 들까?

신규 간호사 시절, '독한 것들'이라고 생각했던
그들의 삶이 어느새 내 얘기가 됐다.

남들 출근할 때 몹시 초췌

눈부셔도 졸림.

나이트 근무 후, 퇴근하는 아침.
한 손에 커피 들고 출근하는 사람들을 볼 때면
그렇게, 그렇게, 그렇게 부러울 수가 없다.
남들이 일어날 때 일어나고 잠들 때 자고 싶은 것뿐인데
너무 큰 소원이 되어버렸다.

3

화
가
난
다

어쩌다 간호사

26

중요하다고요!

병원 냄새 너무 싫어

정신없는 하루를 보내고
겨우 구내식당 한구석에 자리를 잡고 앉았다.
점심인지 저녁인지 모를 밥을 꾸역꾸역 삼키며
식당 벽에 걸린 텔레비전을 보다가…

문득,
다 먹고 살자고 하는 일인데
이렇게 밥 한 끼 먹는 것도 힘이 든다니.
자괴감이 밀려왔다.

 수혈

일하자!

이건 약이야
○ **경구투여** : 약제를 투여하는 방법으로, 입으로 먹는다는 뜻

난그냥술이조아~

간호사 2만두고 주정뱅이 할래.

지겨워

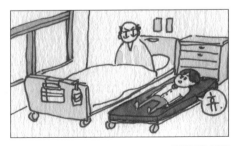

그래봤자 병원

역시나 병원

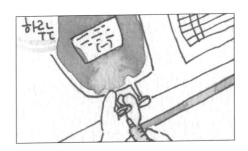

계절은 5G

매해 계획을 세우고 줄을 그어나간다.
연말이 다가오면 거의 모든 계획 위에 줄이 그어지지만,
정작 나 자신은 그대로인 느낌이 든다.
아무것도 나아지지 않고
아무것도 하지 않은 것처럼.
하루가 지나고 계절이 지나 한 해가 가지만
헛헛한 기분이 들 때가 있다.

그래도 시간은 간다.
병원에서의 날들이 차곡차곡 쌓여간다.

고민은 계속된다

살까

말까

어차피
입을 일도
없는데…

핫!

고민만 하다가 솔드아웃

그렇게
고인만 하다가

병원 계속 다니겠지.

퇴근하던 길, 같이 퇴근하던 동료가 말했다.

"우리가 이 직업에
너무 많은 걸 바라고 있는 게 아닐까?
그냥 즐기면서 부담 없이 일하면 되지 않을까?
보람을 느끼면서 할 수 있는 일이 얼마나 되겠어."

하지만 병원은 내가 나에게 바라는 것보다 더 큰 걸 요구하고,
숨이 꼴딱 넘어가기 직전의 사람들이
줄을 서서 나를 기다리고 있으니 부담 없이 일할 수는 없다.
그러니 보람, 그거라도 있어야 버틸 것 같은데… .

내 꿈은 부귀영화

하지만 내 꿈은 부귀영화

어쩌다 간호사 ──〜──

44

ㅇ **모란도** : 부귀영화를 상징하는 모란꽃 그림

간호사의 직업병

지켜보고 있다

말리그 (Malignant)

정상
세포들

"신생물"
= Neoplasm

Benign
neoplasm

양성종양
= 그냥 혹♡

Malignant
neoplasm

악성종양
= Cancer
암. "OTL

 Malignant는 '악성'을 의미한다.

"저 사람 Malig다." ⇒ 성격이 Malig다.
  Malig ⇒ 성격이 악성이다.

= 지X 이다.

화가 난다!

당신 때문에 진짜 care 받아야하는
다른 환자분들 한테 못 간다고욧!!!

간호사의 입장에서 콜 벨이 울리는 때는
보호자가 보기에 환자가 이상할 때,
숨을 안 쉬는 것 같을 때, 환자가 넘어졌을 때,
수액 라인이 뽑혔을 때, 가슴이 답답하거나 큰 통증이 느껴질 때 등
한 마디로 긴급 상황에서다.

물론 환자 입장에선 식사메뉴나 리모컨이나
이불 같은 것들도 큰 문제일 수 있다.
"하지만 콜 벨이라뇨!"

사실 눈에 보일 때가 있다.
정말 필요해서 부르는 건지, 그냥 말 상대가 필요한 건지
그것도 아니면 관심을 끌기 위해서인지.
하지만 늘 혹시나 하는 마음으로 받는다.
하루 종일 심장이 콩닥콩닥 벌렁벌렁하다.

어떻게 알았지?

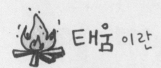 태움 이란

말의 비수

태움 = 갈굼

(f)

아른 장작 = 활활 탄다

= 태워도 안 탄다

젖은 장작

억울하잖아요

입사 초, 말로만 듣던 '태움'이 내게도 찾아왔다.

'여쭤보고 해야 하나?' 싶어서 물어보면
"아직 그것도 몰라?"
그래서 알아서 하면
"모르면 좀 물어봐야지!"
기승전 혼남! 이러나저러나 혼나기는 마찬가지.

당시에는 이해되지도, 이해하고 싶지도 않았는데
지나고 나니 그 말의 의미를 이해할 수 있게 됐다.
전자는 그것도 모르냐고 물을 정도로 기본 중의 기본인 일이었고,
후자는 어떻게든 혼자 해내겠다는 고집을 부리기에는 아주 중요한 일이었던 것.

어떤 일이든 처음부터 척척 잘 해내는 사람은 없기에
입사 초기의 누구에게나 어려운 시기가 있을 거다.
그렇지만 누구나 그렇다는 말로
한 사람이 느끼는 어려움을 별것 아닌 것으로 치부할 수는 없다.
그래서 힘들어하는 사람이 있으면 견디라고도,
견딜 수 있다고도 말할 수 없다.
그러나 힘들고 끝나지 않을 것 같은 이 시기도
곧 지나간다고 생각하면 그래도 버틸 힘이 생긴다.

그러니 선배들이여! 제발, 말은 예쁘게 씁시다!

태움, 정말 많나요?

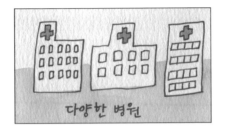

내가 한 일로 혼나기도 하지만

그냥 타기도 한다

나의 경우

그 안에 내 잘못이 있으면 고친다

Q&A 1

Q
병원에 들어가면 태움이 정말 심하다던데, 정말 못 견딜 정도인가요?
솔직히 일도 일이지만 태움이 더 걱정되네요.

A
태움 때문에 고민이 많으신 것 같네요. 결론부터 말하자면, 그렇습니다. 아니라
고 말해주고 싶지만 그건 거짓말이라 못하겠네요. 실제로 못 견뎌서 나가는 사
람들… 네, 많습니다. 잘못해서 혼나는 경우도 있지만, 단순 인격적인 폄하 발
언들도 많아요. 하지만 말씀드리고 싶은 것은 그런 사람들 때문에 시작도 전에
그만두려는 마음은 가지지 않았으면 좋겠다는 거예요. 그리고 일을 하시게 된
다면 그런 말에 상처 입지 않으셨으면 좋겠어요. 인격적으로 낮은 사람들이 내
가치에 말로 흠집을 내려 한다고 해서 실제로 내 가치가 낮아지는 것은 아니니
까요. 그렇지만, 그럼에도 불구하고 견디기 어렵다면 그만두는 것도 고려해보
세요. 환자를 돌보기 전에 자신이 먼저 건강해야 하니까요.

Q&A 2

Q
신규 때 태움을 어떻게 버티셨나요? 버티는 노하우가 있다면 알려주세요.

A
일에 빨리 익숙해지는 수밖에 없는 것 같아요. 일이 손에 익기까지 한 일 년 간
은 욕을 먹는 게 당연하겠거니 생각하면 차라리 마음이 편해요. 그리고 일을 빨
리 익히는 자신만의 노하우를 만드세요.
저는 테이프 붙이는 방법까지 하나하나 번호를 매겨서 기록하고 매일 봤어요.
번호가 붙은 목록들이 점점 줄어들고, 일이 손에 익기 시작하면 조금씩 나아집
니다. 처음에는 다 낯설고 힘들지만 반복하다 보면 나아지는 것들이 있답니다.
그리고 자신만의 스트레스 해소 방법을 찾는 걸 추천해요.

Q
마음이 여린 편입니다. 어릴 때부터 간호사가 꿈이어서, 재수까지 해서 간호학과에 입학했지만 큰 병원에 취직한 선배들이나 뉴스에 나오는 이야기를 보면 태움, 3교대 등 정말 힘들어 보이던데… 일찌감치 임상 간호사는 접고, 다른 길을 알아보는 것이 좋을까요? 아니면 일단 취직한 뒤, 이직에 필요한 최소한의 기간인 2년을 어떻게 해서든지 버텨보는 것이 맞을까요?

A
뭐든 해보기 전에는 알 수가 없어요. 잘 할 수 있을 거라고 생각했는데 막상 경험해보니 나와 맞지 않는 일이 있고, 많이 걱정했는데 생각보다 나와 잘 맞는 경우도 있어요. 저도 이 일이 100% 잘 맞는 건 아니지만, 보람도 느끼고 있고 또 아직은 좀 더 이 일을 하고 싶다고 생각하고 있어요. 물론 힘들기는 하지만요. 그러니까 일단 최대한 경험을 해보세요! 내가 정말 이 일에 맞는 사람인지는, 그 후에야 알 수 있을 것 같아요.

작은
보람

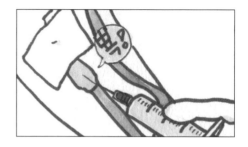

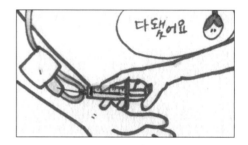

주겠니?

2부

오늘도
출근합니다

신규 간호사의 하루

했는데…

○ 드레싱(dressing) : 상처를 치료하는 일
○ 포셉(forcep) : 날이 없는 기다란 가위같이 생긴 도구

부르면 대답해줬으면…
○ 폴대(pole) : 수액 걸이대

병원에는 일일이 카운트해야 하는 물품들이 참 많다.
어떤 병원은 간호조무사가 하기도 하는데
내 친구들이나 내가 다니는 병원은 모두 간호사가 하고 있다.

근무 시간에는 포함되지 않으니
공식 출근 시간보다 적게는 30분, 많게는 1시간까지 일찍 나와야 한다.
의사가 드레싱하고 버린 포셉도 쓰레기통 뒤져 찾아내야 하고
어디로 떠내려갔을지 모르는 폴대도 찾아와야 한다.
이런 자잘한 업무 로딩이 업무 시작도 전에 지치게 만든다.

나..나무늘보?!

○ stable : 안정적인 상태

○ mental : 의식

인계는 제대로!

하.

확인하지 않은 내 잘못이지 ...

나는 신규 간호사

오늘도 재가 되었다

오늘은 언제나 온다

어
쩌
다
간
호
사

"너는 어쩌다가 간호사가 됐어?"
"그러게, 왜 그랬을까?"
"취업이 잘 된다고 하길래."
"너는?"
"그러게, 어쩌다 보니..."
한 질문에 비슷한 대답이 오갔다.

처음에 간호사라는 직업을 선택했을 때는,
분명히 이유가 있었을 텐데.
거창한 사명감까지는 아니더라도
적어도 다른 일이 아닌 이 직업을
굳이 선택한 이유가 있었을 텐데 말이다.

그때, 들어온 지 얼마 안 된 신입 하나가
씩씩하게 말했다.

"저는, 평생의 꿈이었어요."

5

○ **라운딩(rounding)** : 병실을 돌며 환자들의 상태를 확인하는 것

그래도 봤지 ♡

◦ **라포(rapport)** : 상호 신뢰 관계를 나타내는 심리 용어

시간이 없었다

내가 신규 땐

10분 지났는데…

네가 신규 땐

이런 마음이었을까?

못 하는 거다

Q 병원에 내정되고 웨이팅 중인 예비 신입 간호사입니다. 첫 직장이라 걱정도 되고, 또 잘하고 싶은 마음도 커요. 입사 전에 요양병원에서 일하면서 기본 간호라도 익히고 필요한 센스도 배우면 좀 도움이 될까요?

A 아뇨. 저는 개인적으로는 입사 전에 경험 삼아 다른 곳에서 일하는 것은 추천하지 않아요. 제대로 일을 배우기도 전에 나쁜 버릇이 들 수 있거든요. 그리고 업무 내용과 시스템이 달라서 크게 도움이 되지도 않을 것 같아요. 그 마음으로 입사 후 공부하면 충분히 센스 있고 똑똑한 신입 간호사가 될 수 있을 것 같아요! 파이팅!

Q 남들 쉴 때 쉬지도 못하고 이리 치이고 저리 치이다 보니 이 시간에 첫차타고 퇴근하네요. 6개월 차 파릇파릇한 신경외과 신규에게 유난히 힘든 날, 버티는 노하우가 있다면 알려주세요.

A 지금처럼 힘든 날들이 영원히 안 끝날 거 같죠? 정말 이 길이 맞는지, 앞으로 버티면 나아질지에 대한 확신도 생기지 않아 막막하고 힘드시죠? 희소식은 지나가지 않을 것 같은 그 시간도 곧 지나간다는 겁니다. 진짜예요! 그때엔, 분명 더 많은 걸 보고 느낄 수 있는 간호사로 성장해있을 거예요.

징크스

어디까지 타봤니?

환타 = 환자 탄다

○ **신환** : '신규 환자'의 줄임말

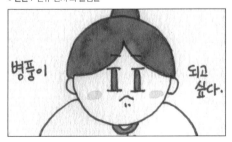

떡 먹으면 떡친다 = 일이 많고 힘들다

다른 직업

기쁜 뒷모습을 볼텐데

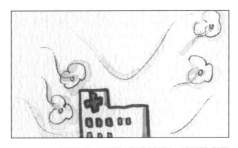

태어나는 생명이 있으면 죽는 생명도 있다

아픈 사람들…

근데
안 좋은 꿈만 기억난다

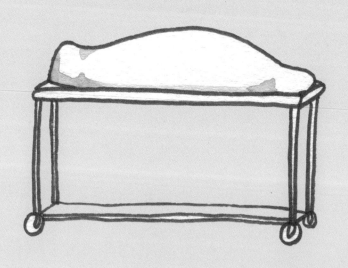

나쁜 짓을 한 사람은 벌을 받고,
식사 습관이 불규칙한 사람은 위장이 좋지 않고,
담배 피는 사람은 폐가 안 좋은 것처럼,
세상의 모든 일에는 인과관계가 있다는데….

그런 법칙을 벗어나
결과만 떠안고 태어나는 아이들이 있다.

딜레마

솔직히 난 병원을 계속 다니고 싶다

일이 익숙해지면
다 해결되지 않을까?

그만두겠습니다

오래 잊던 사람들도
나가는 걸 보면

음.

이 길은 정말 아닌 건가

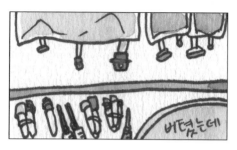

버튼 찾는데

2때도
오르겠으면

어떡하지

회사편
이다...

눈온다

내 지나간
시간들은?

이 마음 어려운 건

결국 끝이 어떻게 나나요.

그래서

이 이야기의 결론이 뭐냐고.

술안 먹음　　꼿장 꼿장

내 마음만 볼 멘탈

남들 다 하는데
나만 못 한다
자책하지 말자.
각자에게 맞는 병원이 있다는데
그냥 여기가 아닌 걸거야.

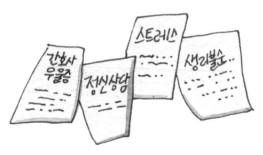

이렇게까지
견딜 필요가 있을까.

그만둬도 괜찮다!

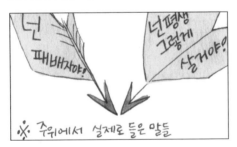

멘탈 챙기자

Q 그만둘 생각은 안 해보셨나요? 힘들어서 그만두는 사람이 많을 것 같은데, 실제로는 어떤가요?

A 그만둘 생각, 물론 해봤어요. 그런데 그만두기까지 생각해야 하는 것들이 정말 많더라고요. 조언인지 참견인지 분간하기 어려운 주변의 많은 이야기와 그만 두고 난 다음의 일들… 마음 써야 할 일이 너무 많더라고요. 그런 걱정을 하나 하나 하다 보니 용기가 생기지 않아 그만두지 못했던 것 같아요. 그래서 오늘도 간호사로 살고 있네요.

Q 가장 관두고 싶었던 순간은 언제인가요? 그 순간을 어떻게 넘기셨는지 궁금합 니다.

A 일이 물밀듯이 몰려오는데 매일 매일 밑 빠진 독에 물 붓는 심정이고 하나 해결 하면 열 개가 쌓여 있어요. 막막한 기분과 함께 피로감이 몰려와서 그만두고 싶 다는 생각보다는 그냥 집에 가고 싶다는 생각이 들었던 거 같아요.
그럴 때는 그냥 오늘 하루를 무사히 넘기는 것에 집중했어요. 너무 먼 일까지 미 리 생각하려고 하면 더 지치고 막막해질 때가 있거든요. 그럴 때, 그냥 오늘 하 루는 무사히 보냈다는 것에 만족하며 하루하루를 보내다 보면 어려운 시기들 도 지나가 있더라고요.

3부

대단한 사명감은
아니지만

○ DNR(do not resuscitation) : 심폐소생술 거부

미안해요…

여기다가
하면 되나요.

Do Not Resuscitation (DNR)

의사로부터 현 상태 및 심폐소생술에 대해
충분한 설명을 들었으며
심정지 및 호흡부전으로 인한
응급상황 발생 시 보호자의 동의하에
심폐소생술을 시행하지 않으며
이에 대해 추후 이의를 제기하지
않겠습니다.

보호자: _____

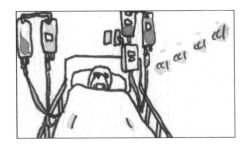

어떤 질문인지 안다. 언제 돌아가실지를 묻는 것이다.

하지만
대답할 수 없다.

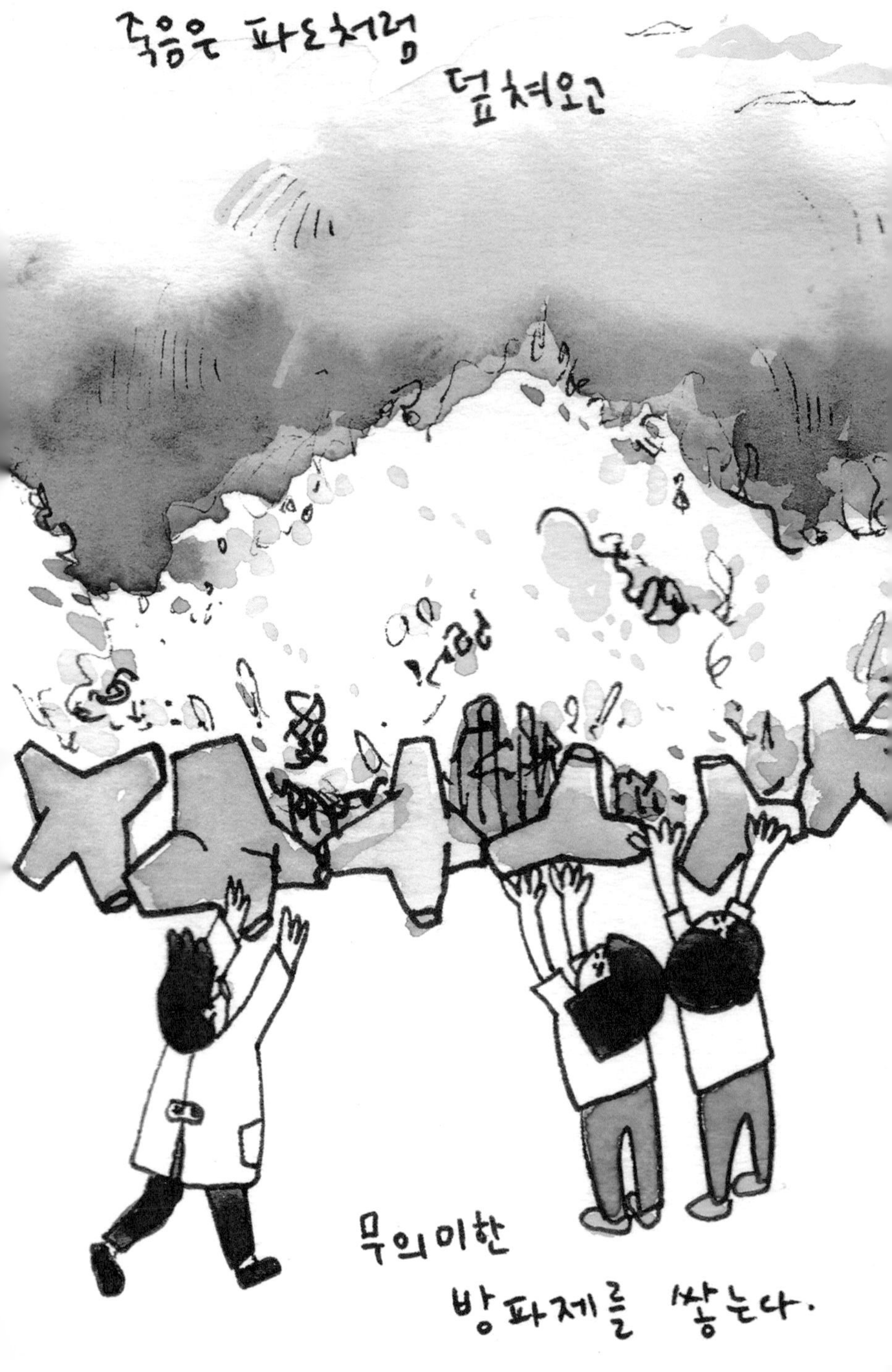
죽음은 파도처럼
덮쳐오고
무의미한
방파제를 쌓는다.

경험이 쌓이면 조금 무덤덤해지기 마련인데
그래도 어려운 '감정 동화'
환자나 보호자의 감정에 깊이 이입해버리는 것이다.

지켜야 할 선이 어느 정도인지도 모르겠고
안다고 해서 넘지 않을 수 있는 건 아니다.
예기치 못한 순간에 완전히 감정이입이 되어 울어버린 적도 있었다.
더 냉정해져야 할 필요도 있다고 나를 채근해보지만
그게 맘대로 되는 것도 아니고,
왜 이렇게까지 차가워져야 하나 싶어 회의감이 든다.
익숙해지는 게 과연 좋은 것인지… 영영 풀 수 없는 문제 같다.

○ V-tac(ventricular tachycardia) : 심실빈맥 부정맥의 종류

○ **코드 블루(code blue)** : 심폐소생술이 필요한 응급상황.
원내 방송을 통해 의료진을 긴급 호출한다.

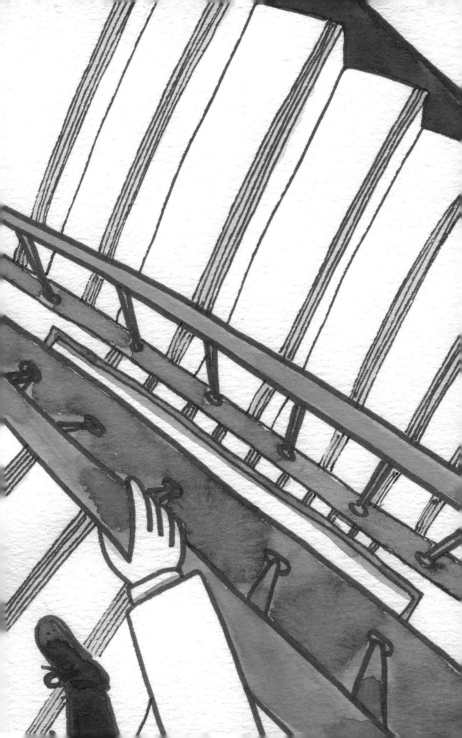

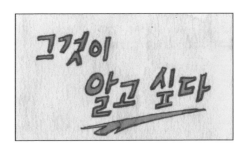

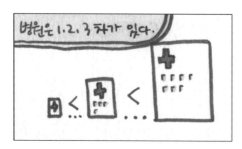

병원은 1. 2. 3 차가 있다.

1차의료급여기관
보건소   동네의원   30인미만병상 외래환자만봄!
큰 병원 가세요 = 2차 or 3차 진료가 필요!

2차 의료급여기관
시·도지사 개설허가!
30인이상 병상!
법적 진료과목 전문의 보유!
큰 병원 가세요 = 3차 의료급여기관 가세요!

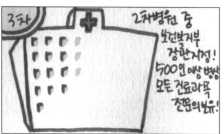

3차   2차병원 중
보건복지부 장관지정!
500인 이상 병상
모든 진료과목 전문의 보유!

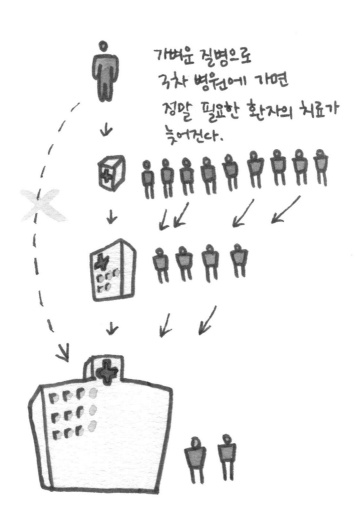

가벼운 질병으로
3차 병원에 가면
정말 필요한 환자의 치료가
늦어진다.

그러나 한국 사람들은 "큰 병원"을 좋아한다.

응급실이 도떼기 시장인 이유...

휴

응급환자 아닌데
응급실 오는 사람들!
보험 안됩니다!!!

(※ 대형 응급실 과밀화 해소 방안)

가
질
수
없
는
너

○ **듀티(duty)** : 간호사의 근무표   친구랑 듀티 안 맞음

엄마 보고 싶다

겨울이 오면

슬픈 예감은 왜 틀린 적이 없나

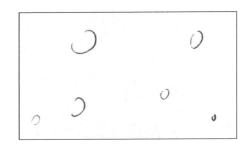

기분 탓 아님

간호사가 되면 포기하게 되는 것들.

개인 시간

잠

건강

특히, 매일같이 퇴근이 늦어지는 때엔
쌓인 스트레스를 풀기 위해 퇴근 후 마시는 술 때문에
안 그래도 부족한 수면 시간이 턱없이 모자라진다.
그래서 커피와 약의 힘으로 하루하루를 버텨내는 악순환의 반복.

'이대로도 괜찮은 걸까' 하는 생각이 머릿속을 맴돈다.

호
칭

우리 사이에는 예의란 게 없나요

할
아
버
지

선택이 아니랍니다

라포 형성 실패

도장 깨기

고기지!

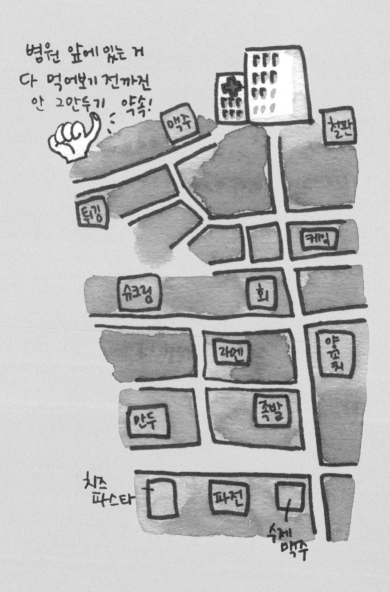

어느 날, 입사할 무렵의 일기들을 읽어봤다.
퇴사 디데이를 설정해놓고 하루하루를 매일 카운트했던 날들이었다.
왜 버텨야 하는지도 모른 채
그저 조금이라도 더 버티고자 했던 시기였다.

그만두고 뭐라도 하려면
경력이 적어도 3년은 필요하다는 말에 버티고 있었는데
그 3년이 너무나도 멀게 느껴졌다.
3년은 고사하고 1년은 견딜 수 있을지 걱정이 됐다.

그래서 동기들과는 입사 100일 파티를 챙겨주며
서로의 마음을 달래곤 했다.
몇 달 먼저 일을 시작한 친구들이 상담을 해주고
힘내라며 기프티콘을 주고받고,
울지 말고 집에 가라고 다독여주던 날들…
어떻게든 그만두지 않으려 발버둥 치던 때가 생각났다.

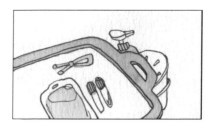

돈!

잃은 것은

기… 기미가 생기고있어…

20대

Q   간호사에게 워라밸은 사치인가요?

A   초반에는 정말 개인 생활이란 게 없었어요. 3교대 근무, 잦은 초과 근무, 무서운 선배들…. 밥 먹을 시간도 빠듯한데 개인 생활이 어디 있었겠어요. 그날그날 무사히 넘기고 적응하는 데에 필사적이었던 거 같아요. 그야말로 일, 잠, 일, 잠의 반복이었네요. 그런데 그건 간호사뿐만 아니라 많은 직업군의 신입들은 모두 겪는 일인 것 같아요. 정도가 다르기는 하지만요. 간호사는 생명을 다루는 직업의 특성상 더 그런 것 같아요.

하지만 어떤 일이든 손에 익고 몸에 익숙해지면 조금 나아지지 않겠어요? 저는 여전히 바쁘기는 하지만 그 안에서 여가 시간을 즐길 수 있는 방법들을 찾고 있어요.

Q

특히 대형 병원의 경우, 간호사들도 각종 감염의 위험에 자주 노출되잖아요. 실제로 주사침에 찔려 감염되는 경우도 있고…. 그런데 사람들은 소방관이나 의사가 위험을 불사하고 생명을 지켜내는 데는 환호하면서, 이런 간호사들의 노고는 알아주지 않는 것 같아 가끔 씁쓸한 마음이 들더라고요.

A

간호사로서 나름대로 자부심을 가지고 살아왔는데 어느 날 갑자기 조직 앞에서, 사람들의 시선 앞에서 나 자신이 별 것 아닌 것 같다는 생각이 드셔서 힘드시나요? 저도 가끔 사람들이 알아주지 않는 것 같아서 화가 나기도 하고 자존감이 무너지는 것 같을 때가 있어요. 하지만 반대로 자신의 일을 정당하게 인정받아 가며 사는 사람들이 얼마나 되겠어요. 실제로 예로 들어주신 소방관의 경우에도 낮은 처우와 사람들의 인식 문제가 여러 번 기사로 나기도 했죠. 당연히 그런 인식과 환경은 변화해야 한다고 생각하지만, 일단 지금 이 순간은 나를 먼저 지키는 것이 중요하다고 생각합니다. 나 스스로가, 그리고 우리가 나 자신을 인정해주면 됩니다. 나는 중요한 일을 하고 있고, 중요한 사람이라는 걸요.

콩깍지

헛소리도 맥락이 있지

제일 멋짐

누가 뭐래?

힘든뒤 씨원한 아메리카노

10

루
틴

지겨워

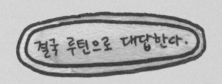

결국 루틴으로 대답한다.

흐음.

· · ·

괜찮을
거예요.

(아마도..)

돌아보니 20대, 30대 내내 나누던 이야기의 주제는
모두 부정적인 것들이었다.
예컨대 자살이나 암, 죽음 같은 것.
간호학 공부를 하고 병원에서 지내면서
병과 죽음의 곁에서 지켜봐 왔으니
'이런 일이 있었는데', '이런 환자가 있었는데' 하는
이야기들을 많이 들을 수 밖에 없었다.

그리고 앞으로도 견뎌내야 할 이야기와 정보들이 쌓여갈 텐데,
좋은 일보다는 안 좋은 일이 더 뚜렷하게 기억날 텐데
내가 감당할 수 있는 이야기는 얼만큼일까?
앞으로도 그 이야기들을 감당하며 일할 수 있을까?

신규 때는

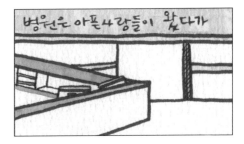

나만 잘하면…

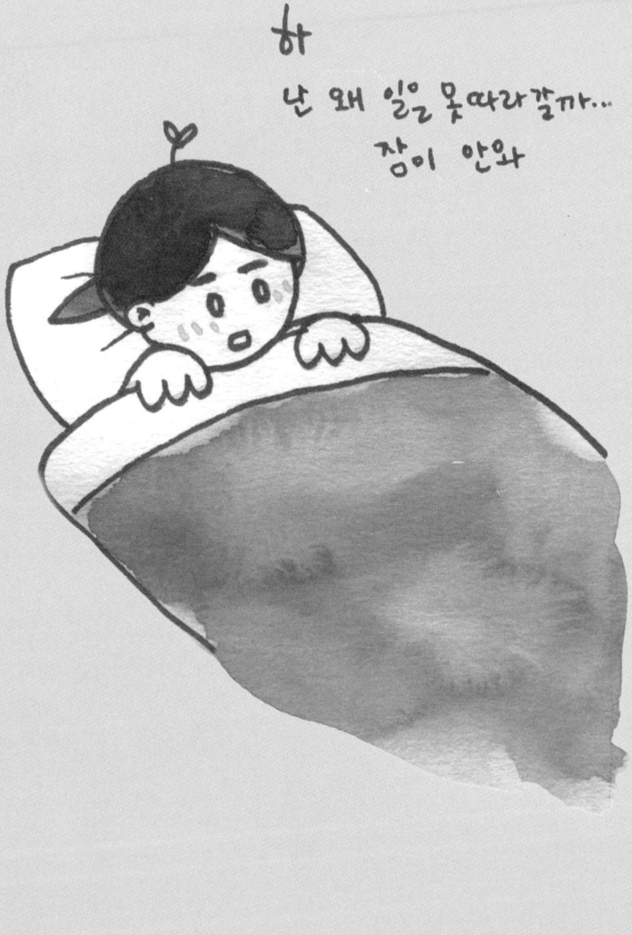
하
난 왜 일을 못따라갈까...
잠이 안와

5년 차에는

'일은 한다'고 말할 수 있게 됐다

∘ **차팅(charting)** : 환자의 상태를 기록해두는 일

○ EKG(Electrocardiography) : 심전도

○ **인튜베이션(intubation)** : 기관 내 삽관, 기관 확보를 위해 시행함
○ **랩(lab)** : 검사

○ E-tube : 기관에 삽입하는 튜브

해야 할 일은 많다

이겨내기

너무 가까이 가지마...

내 직업이 무언데 사람에게
차가워야 하나.

이에 익숙해지는게 좋은 것일지

툭.

때론

허망하기도 하지만

그래도 사랑들을 하루 더 살게 했을거라고

어쩌다 간호사가 되었지만

어쨌든 간호사다.

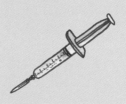

내 일을 하자.

가벼운 마음도,
대단한 사명감도 아니지만

어쩌다 간호사

1판 1쇄 발행 2020년 1월 10일
1판 5쇄 발행 2024년 3월 29일

지은이 간호사 요

발행인 양원석 **편집장** 차선화 **책임편집** 이슬기
디자인 강소정 **영업마케팅** 윤우성, 박소정, 이현주

펴낸 곳 ㈜알에이치코리아
주소 서울시 금천구 가산디지털2로 53, 20층 (가산동, 한라시그마밸리)
편집문의 02-6443-8916　　**도서문의** 02-6443-8800
홈페이지 http://rhk.co.kr
등록 2004년 1월 15일 제2-3726호

ISBN 978-89-255-6816-4 (03810)